오늘, 마음을 쓰다

우울하고 불안하고 화나는
사람들을 위한 마음일기 100

오늘, 마음을 쓰다

초판 1쇄 발행 2019년 1월 23일
초판 2쇄 발행 2022년 6월 20일

글 | 김정민
캘리그라피 | 배정애
펴낸이 | 金禛珉
펴낸곳 | 북로그컴퍼니
주소 | 서울시 마포구 와우산로 44(상수동), 3층
전화 | 02-738-0214
팩스 | 02-738-1030
등록 | 제2010-000174호

ISBN 979-11-89166-64-9 03810

필사의 발견

우울하고 불안하고 화나는
사람들을 위한 마음일기 100

북로그컴퍼니

오늘 그대 마음, 어떠신가요?

꽤나 오랜 시간 우울증과 공황장애로 고생을 했다. 우울증이 심할 때는 죽고 싶다는 생각이 간절했고, 공황발작이 오면 죽을 것 같다는 공포가 나를 잠식했다. '죽고 싶다'라는 마음과 '살고 싶다'라는 마음이 내 속에서 격렬한 전쟁을 치르기를 5년이었다. 그야말로 미친년이 머리를 풀어헤치고 널뛰기를 하는 듯한 시간들이었다. 그뿐인가. 급하고 즉흥적이고 불같은 성격으로 인해 나와 주변 사람들을 불구덩이로 몰아넣기 일쑤였다.

살고 싶은 마음보다는 죽고 싶은 마음이 더 크고, 인간관계에 문제가 생기고, 아들은 대입에 실패하고, 운영하는 회사의 매출이 떨어져 조급증과 불안이 하늘을 찔렀던 2015년. 내 인생 가장 바닥이었던 그때. 나는 아들러 심리학을 만났고 거의 같은 시기에 마음공부를 시작했다. 내 마음의 주인이 되는 법, 마음의 평화를 얻기 위해 할 수 있는 것들, 좀 더 자유롭고 행복하게 살아가는 방법을 스펀지처럼 빠르게 흡수해나갔다.

아들러 심리학 관련한 책을 읽고 또 읽으며, 내 삶과 마음에 적용하고 싶은 부분은 필사하고 또 필사하며 내 우울증과 공황장애를 치유할 수 있었다. 그것을 나 혼자만 알고 있기에는 너무나 많은 사람들이 마음의 병을 앓고 있는 것을 알기에, 《오늘, 행복을 쓰다》라는 책을 내놓았다. 이 책은 과분한 사랑을 받았고, 내 경험을 나눠달라는 요청에 부족하지만 강연 자리에 서기도 했다.

덕분에 우울에서 벗어났다는 분들, 자학과 자책을 그만두었다는 분들, 남 탓하는 버릇을 고쳐 인간관계가 좋아졌다는 분들의 메시지는 큰 보람으로 남았다.

그리고 3년의 시간이 흘렀다.

이 글을 쓰고 있는 2019년 1월 현재, 내 옆자리에는 옅은 우울이 함께하고 있다. 회복세를 보이던 매출이 다시 떨어지니 불안이 찾아오곤 한다. 3년 전 대입에 실패한 아들은 다음 해에 해외의 명문 대학에 합격해 기쁨을 느꼈지만 그것도 잠시, 수천만 원이나 되는 등록금과 기숙사 비용은 새로운 걱정거리의 알을 낳았다.

갑작스럽게 아버지가 돌아가시고, 어머니는 치매 초기 진단을 받으셨다. 오랜 시간 투병하던 언니가 최근에 운명을 달리했다. 죽음에 대한 공포, 허무감으로 숨도 못 쉴 듯한 괴로움을 맛보았다. 치매 노모를 모시고 늦은 효도를 하며 나름 행복을 맛보지만, 그럼에도 불구하고 나쁜 치매로 진행이 될까 봐 미래의 불안을 가불해 현재의 나를 괴롭히는 실수를 범하기도 한다.

요즘은 두 마리의 반려견과 함께 살고 있다. 내가 원해서 입양한 반려견인데도 배변훈련이 잘 되지 않아 시시때때로 짜증이 난다. 이런 일련의 일들이 갱년기 증상에 겹쳐 다가오니 마음 다잡기가 쉽지 않다.

물론 그렇다고 예전처럼 공황발작이 온다거나 죽고 싶다는 생각은 들지 않는다. 아들러 심리학과 마음공부를 통해 전보다는 좀 더 성장하고 성숙된 덕분이리라. 그럼에도 우울과 불안, 분노는 예고 없이 찾아왔고 나는 그 속에서 삶을 이어나가야 했다.

마음은 연못에 고인 물이 아니라 흐르는 강물과 같다. 파도치는 바닷물과 같다. 하루에도 열두 번씩 기뻤다가 나빴다가 웃었다가 울었다가 희망에 부풀었다가 절망에 무너지는 게 마음이다. 딱히 정해진 바 없이 이랬다저랬다 하는 게 마음의 속성이기에 더욱 나를 힘들게 한다. 그런 내 마음을 가만히 들여다보면서, 깨달았다. 한번 알았다고 끝이 아니라, 내 마음을 성찰하고 공감해주고 반성하고 참회하고 새로이 다지는 공부를 쉬지 않아야 한다는 것을. 그렇게 아들러에 더 깊이 파고들었다. 마음공부에 더욱 전념했다. 다시금 쓰고 읽고 정리했다. 그 경험을 책으로 엮어 이렇게 공유한다.

《오늘, 행복을 쓰다》가 주로 긍정과 행복에 대한 것이었다면,《오늘, 마음을 쓰다》는 그것에서 한 걸음 더 나아가 우리의 마음과 감정을 중점적으로 다루었다. 특히 아들러의 독특한 감정 이론을 더욱 깊이 있게 이야기함으로써 감정 문제에 시달리는 사람들에게 구체적이고 현실적인 도움이 될 수 있도록 했다. 또한 마음공부를 하며 만났던 내 마음의 갖은 모양과 색깔을, 그리고 깨달은 바를 함께 적었다.

《오늘, 마음을 쓰다》역시 필사 형식으로 엮었다. 필사를 해도 좋고, 글을 읽고 떠오르는 생각이나 마음과 감정을 써도 좋다. 쓰기 싫으면 아무것도 쓰지 않아도 괜찮다. 하지만 이 책은 눈으로만 읽으면 효과가 덜하다. 되도록 펜을 손에 쥐고 읽기를 부탁드린다.

책을 읽고 쓰는 과정이 당신의 성찰과 성장, 마음의 평안과 행복에 도움이 되길 바라며.

2019년 1월
김정민

CONTENTS

오늘,

행복을 쓰다

오늘, 감정을 쓰다

오늘、 마음을 쓰다

돼도 좋은 일, 안 돼도 좋은 일!

마음속에 목표 하나를 새깁니다.
아주 크고 높은 목표이기에
그곳에 이르기까지의 과정이
쉽지 않으리라는 걸 잘 알고 있습니다.
하지만 그 목표를 내려놓지 않으려고 합니다.
그 목표를 향해 모든 것을 집중해 가보려고 합니다.

다만, 이 마음을 잊지 않으려고 합니다.
되면 좋은 일이고,
안 되더라도 최선을 다했으니
그것 역시 좋은 일이라는 생각.
부담과 집착은 내려놓고
이 과정을 즐기며 재미있게 가보려 합니다.

목표한 곳에 닿지 못하더라도
나는 노력한 만큼 성장해 있을 테고
그 시간 동안 행복을 느낄 테니
그것만으로도 나에게는 큰 이득입니다.

오직, 지금 여기

괴로움은 과거의 일에 집착해
후회하는 마음이 클 때 생기는 마음입니다
불안은 미래에 일어날 일을
미리 걱정하고 집착할 때 생깁니다

과거도 미래도 지금의 나보다
소중하고 중요할 수는 없습니다
지금의 나에게 필요한 것은
과거와 미래 때문에
괴로워하고 불안해하는 것이 아니라
지금 여기의 삶에 집중하는 것입니다
지금 여기를 살다보면
괴로움과 불안은 자연스럽게
이별을 고하고 멀리 떠나게 될 거예요

오직, 지금 여기!

자신을 사랑할 때 얻을 수 있는 것

내 인생을 사랑하려면
먼저 나 자신을 사랑해야 해요.

사랑은 이해에서 시작합니다.
그러나 우리는 자신을 이해하는 일에 익숙하지 않아요.
이해하지 못하기 때문에 제대로 알지 못하고,
자기 자신과 친할 수도 없습니다.

자신을 이해하기 위해서는 자신과 많은 시간을 보내야 해요.
그 시간 속에서 자신의 장점과 단점은 물론
순수한 면과 그렇지 않은 부분까지 알고 이해하게 되면
비로소 자신을 사랑하게 됩니다.

자신을 사랑하게 되면,
자존감이 높아지고 내면의 힘이 강해져요.
어떤 일을 만나든, 설령 그것이 고난일지라도
방긋 웃으며 직면할 수 있어요.
웃으며 현실을 마주하는 사람에게
이겨내지 못할 현실은 없습니다.

하루를 시작하는 마음

아침에 눈을 떠 시간을 확인합니다.
5분만 더,
10분만 더 자고 싶은 생각이 굴뚝같습니다.

대부분의 사람들이 다 이렇습니다.
그러니 그런 생각이 들 때
나는 왜 이렇게 계획적이지 않을까
나는 왜 이렇게 게으를까
나는 왜 이렇게 나약할까
자신을 책망하지 마세요.

부정적인 생각으로 자책할 시간에
이불을 걷고 일어나보세요.

밤새 움직이지 않아 굳었던 근육을
간단한 스트레칭으로 풀어주고
창밖의 하늘을 바라보세요.
오늘 하루, 나와 친구 할 그 하늘을.

(다음 페이지에 계속)

하늘을 볼 수 있는 눈이 있음에 감사하고
스트레칭을 할 수 있는 두 팔이 있음에 감사하고
걸을 수 있는 두 다리가 있음에 감사한 마음을 가져보세요.
하루가 시작되었음에 감사하고
또 하루를 선물받았음에 감사한 마음을 가져보세요.

하루 동안 해야 할 일이 있다는 것,
만날 사람들이 있다는 것,
하고 싶은 일들이 있다는 것,
그 모든 것이 얼마나 소중하고 감사한지 헤아려보세요.

이렇게 감사하는 마음들이
나의 하루를 진짜 선물로 만들어줄 거예요.

나에게 선물과 축복을 줄 수 있는 사람은
신도 부모도 친구도 아닙니다.
바로 나 자신입니다.

나에게 선물과
축복을 줄수있는 사람은
신도 부모도 친구도 아닙니다
바로 나 자신입니다

하루를 마감하는 시간에 해야 할 일

하루를 마감하는 시간,
그날 했어야 하는데 하지 못한 일부터 떠올리지 마세요.
그러면 후회와 자책이 일어나
마음에 부정과 근심이 가득 들어차게 됩니다.

오늘 하루
나는 얼마나 잘 살았나,
얼마나 열심히 살았나,
얼마나 '지금 여기'에 집중했나,
얼마나 많은 사랑을 했나,
얼마나 감사하는 마음을 가졌나,
얼마나 많은 배려를 했나……
긍정적이고 행복한 일들을 먼저 떠올려보세요.

하루를 잘 살아낸 나를 칭찬해주고
고맙다는 말을 해주세요.
오늘의 긍정과 행복이
내일 더 강한 긍정과 큰 행복을 불러올 거예요.

하루를 잘 살아낸
나를 칭찬해주고
고맙다는 말을 해주세요
오늘의 긍정과 행복이
내일 더 강한 긍정과
큰 행복을 불러올거예요

급할수록 돌아가기

급한 마음은 불안이 만들어냅니다.
"내가 그걸 해낼 수 있을까?"
"너무 무리하는 거 아닐까?"
"자신 없는데 어떡하지?"
하는 불안감이 조급증을 낳는 거예요.

급한 마음은 욕심이 만들어냅니다.
이루려고 하는 그것(목표)에 대한 마음,
즉 욕심이 크면
목표에 다다르기 위해 어떤 노력을 해야 하고
어떤 방법을 취해야 할지 생각하고 연구하기보다
목표에 닿았을 때 느낄 만족감과 환희가 앞서게 됩니다.

실체 없는 만족감과 환희는
허상이고 망상입니다.
현실이 아닌 꿈속을 헤매는 것입니다.

(다음 페이지에 계속)

급한 마음이 들 때는

내 안의 불안과 욕심을 마주하세요.

그것을 있는 그대로 봐주세요.

내 안의 허상과 망상, 헛된 꿈을 인정하세요.

그리고 불안과 욕심이 만들어낸 이 모든 허상을 떨쳐버리고

처음부터 차분히 생각해보세요.

한 마디로 '리셋'하는 거죠.

내 목표가 스스로 감당할 만한 것인지 스스로에게 질문해보세요.

만약 내 목표가 적절한 것이 맞다면

지금 여기에서 할 수 있는 일을 찾아보세요.

그렇지 않다면? 도달 가능한 수준으로 목표를 조절해보세요.

급할수록 돌아가라는 말은 '리셋하라'와 동의어입니다.

용서와 참회

지인에게 사기를 당한 적이 있습니다.
그 사람은 왜 나에게 사기를 쳤을까?
5년 동안 그것이 가장 궁금했습니다.
그러나 답을 찾을 길은 없었습니다.

5년이 지난 어느 날, 문득 이런 생각이 들었습니다.
'나는' 왜 사기를 당했을까?

질문과 의문의 관점을 바꾸니 답이 보였습니다.
내가 사기를 당한 이유는 바로
깨어 있지 못한 혼탁한 마음 때문이었습니다.

그는 사기를 치기 위해 많은 준비를 했을 텐데
나는 모르는 것에 대해 알려는 노력도 없이 그저 그를 믿기만 했습니다.
사기를 친 상대만 탓할 것이 아니라
깨어 있지 못했던 나부터 탓해야 하는 것이었습니다.

(다음 페이지에 계속)

잘못된 일의 원인을 상대가 아닌 나에게서 발견하자,
그토록 미웠던 상대에 대한 미움이 가라앉고
아무리 애를 써도 안 되던 용서가 가능해졌습니다.

용서하고 나니,
분한 마음과 억울함을 안고 살며
몸과 마음만 축내던 스스로가 보이기 시작했습니다.

그리고 깨달았습니다.
용서는 상대를 위해서가 아닌
나 자신을 위해 하는 것이라는 사실을.

그동안 고생했을 내 마음과 몸을 위로해주며
나를 괴롭혔던 나와, 내게 괴롭힘당했던 나에게 참회합니다.

용서는 상대를 위해서가 아닌
나 자신을 위해 하는 것입니다

절박한 마음

절박하고 절실한 마음은
성장과 발전의 원동력이 되지만
지나치면 과욕을 낳습니다

뭐든 지나쳐서 좋을 건 없습니다
사랑조차 그렇습니다

부탁할 땐 가벼운 마음으로

타인에게 부탁이나 제안을 할 때
머뭇거리고 주저할 때가 있습니다.
상대가 거절하면 어쩌나 걱정이 앞서기도 합니다.

내 마음의 주인이 바로 나이듯,
상대방 마음의 주인은 상대방입니다.
내 부탁과 제안을 받을지 안 받을지는 그가 결정하는 것입니다.
나는 그의 선택을 존중해야 합니다.

내가 할 일은 그냥, 가벼운 마음으로 부탁하는 것뿐입니다.
그가 받아들이면 감사한 일이고
그렇지 않으면 "응, 내 이야기 들어줘서 고마워."
하면 됩니다.

상대가 받아들이지 않을까 두려워서
시도조차 하지 않는 것만큼
어리석은 일은 없습니다.

자기 자신에게 화가 날 때

완벽을 추구하는 사람일수록
자신에게 화를 내는 경우가 많습니다.
자신이 저지른 실수와 시행착오를 인정하기 힘들기 때문이지요.
자신의 기대에 미치지 못할 때
스스로 무력하다고 자학하고 화를 내는 것입니다.

자책과 자학, 스스로에 대한 화는
자기 발전을 가로막는 장애물입니다.
자신을 향한 화와 분노로는 아무것도 이루지 못합니다.

화를 낼 시간에 차라리
완벽해지기 위해 한 걸음씩 노력을 하는 게
훨씬 지혜로운 선택입니다.

욕심과 소망 구별하기

욕심은 불행의 씨앗입니다.
그러나 바라고 소망하는 마음이 모두 욕심은 아닙니다.
바라서는 안 되는 것을 바라는 마음,
내 능력 밖의 것을 바라는 마음,
타인의 것을 바라는 마음이 욕심입니다.

내가 바라도 되는 것, 가져도 되는 것,
노력하면 가질 수 있는 것을 바라는 마음은
욕심이 아닙니다.
품어도 되는 좋은 소망과 희망입니다.
소망과 희망은 성장의 씨앗입니다.

지금 내가 품고 있는 마음이
욕심인지 소망인지 잘 가늠해보세요.
그것을 구별하는 지혜가
자기 성장의 첫걸음입니다.

또 하나의 욕심

상호 모순된 두 가지를 다 가지려는 마음 또한
어리석은 욕심입니다.

노력도 안 하면서 갖고 싶은 마음,
좋은 일은 안 하면서 복은 받고 싶은 마음,
죄를 지으면서 벌은 받고 싶지 않은 마음,
음식을 탐하면서 날씬하고 싶은 마음,
사랑을 주지 않으면서 사랑받고 싶은 마음,
공부는 안 하면서 좋은 성적을 받고 싶은 마음,
건강관리는 뒷전이면서 오래 살고 싶은 마음.

모순된 것을 바랄수록 마음은 괴로워집니다.
행복한 마음을 원한다면
이치에 맞지 않는 욕심을 버려야 합니다.

함부로 해서는 안 되는 말, "힘내!"

어려운 일을 맞닥뜨린 누군가에게
우리는 습관적으로 "힘내!"라고 말합니다.
"힘내!"라는 말은 좋은 말일까요, 아닐까요?
이 말을 들은 상대방은 과연 힘을 내게 될까요?

"힘내!"라는 말에 진정한 응원과 격려를 담아 건네는 사람도 있지만
별 뜻 없이 의례적으로 하는 사람도 있습니다.
하지만 듣는 사람에게는 그 말이 종종 큰 부담으로 다가옵니다.

지금까지 온 힘을 다해 노력하며 열심히 살아왔는데,
스스로 파이팅을 외치며 채찍질했는데,
그런 나더러 또 힘을 내라고?

내가 의미 없이 내뱉은 "힘내!"는
상대방을 절망하게 만들 수도 있습니다.

힘들어하는 사람에게 용기를 주고 싶다면
"힘내!"보다는 "힘들지?"가 훨씬 인간적입니다.

애쓰지 않아도 괜찮아요

늘 열심히 살아왔습니다.
온 힘을 다해 노력해왔습니다.
전력투구하듯 모든 열정과 의지를 쏟아냈습니다.
그러면서도 더 노력해야 한다고,
더 뜨거운 열정으로 살아야 한다고
스스로 채찍질을 멈추지 않았습니다.
때로 쉬고 싶고 게으름 피우고 싶어지면
그런 자신을 자책하고 비난했습니다.
그러는 동안 마음은 더 쫓기고 불안은 깊어만 갔습니다.
이제 남은 것이라곤 황폐해지고 너덜너덜해진 마음 한 조각뿐.

(다음 페이지에 계속)

지금껏 열심히, 최선을 다한 나를 쉬게 해주세요.
더 이상 애쓰지 않아도 돼요.
애쓴다고 될 일이었으면
벌써 이루어졌을 거예요.

살다 보면 나와 연이 닿지 않는 일도, 인연도 있습니다.
그것을 억지로 쥐려고 하니 힘들고 괴로운 거예요.

더 이상 애쓰지 말고 힘을 쌓아두세요.
자신을 토닥토닥해주세요.
그래야 살 수 있답니다.

자신에게 관대해지기

더 이상 애쓰지 말아요
더 이상 노력하라고 강요하지 말아요
더 이상 자신을 닦달하지 말아요

더 이상 타인의 평가에 연연하지 말고
더 이상 누군가의 인정을 갈망하지도 말아요

자신을 칭찬하는 데 인색하지 말고
자신에게 더 많은 박수를 보내주세요

더 이상 힘내고 싶지 않을 때
용기 있게 일시정지 버튼을 누르세요
일시정지는 잠시 후의 새로운 출발임을 잊지 말아요

무엇보다 열심히 달려온 자신에게 더 많이 관대해지세요
자신을 좀 더 많이 아껴주세요
'나 이만하면 잘 살아왔어!'
자기 긍정을 잊지 말아요

상대방의 기분을 지나치게 신경 쓰지 않기

회사 동료의 기분이 안 좋아 보이면
자신도 모르게 상대의 눈치를 보면서
같이 마음 불편해하는 사람이 있습니다.

'저 사람은 왜 기분이 나쁜 거지?
혹시 내가 무슨 실수라도 했나?' 하며
자신에게서 잘못을 찾으려고도 하지요.
그래도 끝내 이유를 찾지 못하면
상대를 원망하게 됩니다.

'저 사람은 왜 저래?
기분 나쁜 일이 있어도 속으로 삭여야지,
공연히 다른 사람 기분까지 망치고 말이야.
사회생활의 기본이 안 됐어.'

(다음 페이지에 계속)

그런데 내 마음이 불편한 건 상대 때문이 아닙니다.

상대방의 눈치를 보고 신경을 쓴 내 탓이지요.

상대방의 기분이 좋든 나쁘든 그것은 그의 마음입니다.

그 마음에 내가 개입을 해서는 안 됩니다.

그저 알아차리는 것으로 충분합니다.

'아, 저 사람은 지금 기분이 안 좋구나.'

거기에서 멈추면

내 마음 상할 일도,

상대를 원망할 일도 없습니다.

상대방의 기분이 좋든 나쁘든
그것은 그의 마음입니다
그 마음에 내가 개입을 해서는 안됩니다

불완전한 나를 인정할 때 자신을 사랑하게 된다

이 세상에 완벽하고 완전한 사람은 없습니다.
우리는 모두 완벽할 수 없는, 불완전한 존재입니다.
그럼에도 우리는 완벽해지기를 꿈꿉니다.
이것이 바로 불행의 시작, 불만족의 원인입니다.

우리는 완벽하지 않기 때문에 실수도 하고
이런저런 시행착오도 겪습니다.
인간에게 실수는 당연한 것입니다.
실수를 두려워하지 말아야 합니다.
실수를 인정하지 않는 순간, 퇴보가 시작됩니다.

스스로 불완전하다는 것을,
완벽하지 않다는 것을,
실수한다는 것을 인정할 때
자신을 진심으로 사랑할 수 있습니다.

부질없는 질문, "지금 행복해?"

사람들은 대부분 행복이 아주 높은 곳에 있거나,
아주 깊은 곳에 숨어 있다고 생각하지요.
결국 행복은 찾기 어려운 것이 되고 맙니다.

어려운 것을 찾고자 하는 과정은
그 자체로 불행을 느끼게 합니다.
"지금 행복해?"라는 질문에 답하기 위해 행복을 찾을수록
오히려 불평과 불만만 커지고
자신이 처한 상황의 부족함에 직면할 뿐입니다.

행복한 사람은 행복을 묻지 않습니다.
행복한 사람은 행복을 찾지 않습니다.
자신에게 주어진 지금 여기의 삶을
충실히 살아가는 사람이 행복한 사람입니다.

행복은 특별한 그 무엇이 아닙니다.
숨어 있는 것도, 찾아야 할 것도 아닌
바로 지금 여기의 나!

삶과 '나'를 만나는 순간

가끔은 이렇게 사는 게 맞는지
내가 살아 있긴 한 건지
회의와 의문이 들 때가 있습니다.
그럴 때는 아주 잠깐이라도 나 자신을 느끼는 명상을 해보세요.

조용한 곳에 눕거나 앉은 다음,
눈을 감고, 입을 편안히 다물고,
코로 호흡을 시작하세요.

코로 들어오는 숨과 나가는 숨에 집중해보세요.
어느 순간 집중이 깨지고
수많은 생각에 휩쓸리더라도
자신을 책망하지 말고
아, 내가 생각에 둘러싸여 있구나, 알아차린 뒤
다시 호흡에 집중하세요.

인중을 거쳐 콧속으로 들고 나는 공기를,
팔딱이는 심장을 만날 수 있습니다.

(다음 페이지에 계속)

바로 그 순간이 삶입니다.

그 순간이 생명입니다.

그 순간을 만나게 되면 감히

왜 사나, 하는 부질없는 질문을 할 수가 없습니다.

삶에 대한 무한한 감사,

'나'라는 존재가 주는 기쁨만을

맛보게 될 테니까요.

마음은 원래 모양이 없는 것

감정이
기뻤다가 슬펐다가
좋았다가 화나다가
들떴다가 풀죽었다가…….

누군가
좋았다가 싫었다가
보고 싶다가 지겨워졌다가
애달팠다가 미워졌다가…….

마음이 널뛰기를 합니다.
그네가, 시소가, 시계추가 되기도 합니다.

그런 내 마음을 내가 미워합니다.
그런 내 마음에 채찍질을 합니다.
'너 왜 이렇게 변덕을 부리니?
일관성이라곤 눈곱만큼도 없네!'

(다음 페이지에 계속)

그런데 마음이란 게 원래 그래요.
원래 정해진 모양이 없이
시시때때로 변하는 속성을 가진 게 마음이에요.
그 마음에 사로잡히지 않아야 합니다.

다만 우리가 할 일은
잠시 왔다 가는 그 마음을,
쉽사리 변하는 그때의 마음을
봐주고 알아차리는 것뿐.

교만 1

다른 것을 틀린 것이라 여기고
내가 옳다고 고집하는 마음
그것은 교만

교만 2

실수한 나를
누군가를 미워하는 나를
부족한 나를
인정하지 못하고 싫어하고 밀어내는 마음
그것도 교만

자존감 높이기 1

힘겨워하는 누군가를 보살필 때
상대방은 작은 위로와 격려를 받고
나는 자존감을 선물받습니다.

자존감 높이기 2

탐욕스러운 사람을 욕하지 않고,
함부로 탐하지 않는 나를 칭찬하기.

나에게 피해를 끼친 사람을 만났을 때
그에게 피해를 주지 않은 나를 자랑스러워하기.

질투하거나 부러워하거나 뺏고 싶은 마음 없이
적지만 내가 가진 것에 감사하기.

행복에 이르는 다섯마디

사랑합니다
고맙습니다
참회합니다
덕분입니다
행복인줄알겠습니다

흘러가는 대로

너무 애쓰지 마세요.
너무 애쓴다는 건,
바라서는 안 되는 것에 욕심을 부렸다는 거예요.

너무 애쓰지 마세요.
욕심을 부렸기 때문에,
애를 써도 닿지 못하거나 갖지 못할 가능성이 훨씬 높아요.

너무 애를 쓰느니,
흘러가는 대로 그저 지금 이 순간에 집중해서
최선을 다하는 게 더 지혜로워요.

결과가 나빠도 괜찮아요.
과정에서 얻는 것에 기쁨을 느끼도록 마음을 내어보아요.

평정 되찾기

불쾌한 일, 예상치 못한 일을 겪으면
심장박동이 빨라지고 호흡은 거칠어집니다.
이런 나는 나만이 아니라 상대방도 느끼게 됩니다.
특히 갈등상황에서 이런 반응은 도움이 되지 않아요.

내 마음대로 되지 않는 심장박동과 호흡을
어떻게 하면 평상시처럼 되돌려놓을 수 있을까요?

가장 쉬운 방법은 나에게 말을 걸어주는 겁니다.
속으로 자기 자신의 이름을 부르며 이렇게 말해주세요.

- 숨을 깊이 들이마시자
- 침착하자, 그만 진정하자
- 열받지 말고 냉정을 찾자
- 상대를 존중하고 정중하게 대하자
- 마음을 가라앉히고 요점만 생각하자

단 10초라도 나에게 따스하게 말을 걸어준다면,
어느새 평정심을 되찾을 수 있을 거예요.

불쾌한 마음 알아차리는 연습

분노와 짜증, 시기와 질투, 창피함과 회피……
우리를 불쾌하게 만드는 마음들입니다.
이 마음들이 어떻게 다가와 우리를 얼마만큼 헤집어놓고 가는지,
불쾌한 상황에서 어떻게 반응하는지 알 수 있다면
스스로를 괴롭히는 부정적인 마음에서 자유로울 수 있습니다.

① 조용한 곳에 편안하게 앉으세요.
② 눈을 감고 심호흡을 하며 긴장을 풀어주세요.
③ 최근에 겪은 화났던 일, 불쾌했던 상황을 떠올려보세요.
④ 이제 그 장면을 자세히 들여다보세요.
⑤ 당신과 상대방이 어떤 모습으로 무슨 대화를 하는지 집중해서 보세요.
⑥ 화가 난 당신의 빨라지는 심장박동과 거칠어지는 호흡을 관찰하세요.
⑦ 그리고 그 감각을 그저 느껴보세요. 생각이나 판단은 하지 마세요.

불쾌한 마음이나 감정이 들 때, 우리는 흔히 이에 사로잡힙니다.
상대가 틀렸다는 걸 증명하기 위해 애를 쓰죠.
때로는 자신을 보호하기 위해 심한 말도 해요.
그러면 불쾌한 마음은 오히려 커질 뿐이에요.

(다음 페이지에 계속)

불쾌한 마음이 들 때,

반응하지 않고 그저 바라보세요.

다툴 상대를 찾아 헤매지 말고 마음을 내버려두세요.

그러면 신기하게도, 훨씬 자유로워집니다.

이 연습을 꾸준히 하면

정말 화가 났을 때나 흥분했을 때도

입에서 또다른 화를 부르는 말을 내뱉는 대신

나 스스로 내 마음과 감각을 관찰하며

화를 다스리게 될 거예요.

공감은 화를 가라앉힌다

상대방에게 공감한다는 것은
상대의 눈으로 보고 상대방의 귀로 듣고
상대방의 마음으로 느끼는 것입니다

나와 상대방 사이에 의견 대립이 있을 때
그래서 나나 상대방이 화가 나 있을 때
상대에게 공감하게 되면
화가 가라앉고 갈등도 사라집니다

강한 의무감은 나를 망친다

"이 일은 반드시 해야 해."
"나는 꼭 그 일을 해내고 말 거야."

강한 의무감은 자신을 망칠 수 있어요.
의무감에 강박적으로 매달리면 건강과 행복을 잃을 수 있어요.
자신을 의무감의 굴레에 묶을 필요는 없어요.

의무 사항을 선택한 사람이 바로 자신이듯
그것에도 벗어나도록 결정하고 선택하는 것도
바로 자신이에요.
누구나 그렇게 할 수 있답니다!

상대방에게 내 마음을 전하고 싶을 때

때로는 내 마음을 누군가에게 털어놓고 싶을 때가 있어요.
하지만 많은 사람들이 다른 사람의 마음과 감정을 불편해해요.
자신의 평화를 깨뜨린다고 생각하기 때문이에요.

그러므로 상대방에게 내 마음을 표현하고 싶을 때는
생각보다 많은 준비를 해야 합니다.
알맞은 때와 장소를 골라야 하고,
상대방의 주의를 끌어야 해요.
또한 내 말을 전달하고픈 욕심만 부리지 말고
상대가 들을 수 있는 마음의 준비를 하도록 도우세요.
이렇게 첫마디를 떼어보면 어떨까요?

"너와 이 문제로 얘기하고 싶은데, 지금 해도 괜찮을까?"
"골치 아픈 문제가 생겼는데 당신에게 조언을 듣고 싶어요."

상대가 내 마음을 거저 알아주기를 바라지 마세요.
올바르게, 그리고 조심스럽게 대화를 쌓아가야만
상대는 비로소 내 마음을 알아준답니다.

상대방의 조언이나 도움이 필요하지 않을 때 대화법

상대방에게 나의 감정에 대해 이야기하면
대부분의 경우 조언과 위로를 하려고 해요.
내가 상대방의 조언과 위로를 원하면 괜찮지만,
그렇지 않을 때는 단지 지금의 내 감정을
알려주고 싶었을 뿐이라고 말해야 해요.

"그냥 내 감정을 말해주고 싶었어.
네가 내 마음을 알았으면 할 뿐이었어.
그래도 괜찮지?"

이 말은 상대방으로 하여금
내 감정에 귀 기울이도록 하는 좋은 연습이에요.
상대방이 귀 기울여 들을 준비가 되면
그다음 단계로 대화를 이어나가도 좋습니다.

"너 때문에 미치겠어!"

상대방에게 마음을 전달할 때
'너'로 시작하는 대화법은 절대 피해야 해요.

"너 때문에 미치겠어!"
"네가 내 기분을 망쳤어."
"너는 험담하는 버릇이 있어."

이런 말은 상대방을 비난하고 조롱하는 느낌을 줘요.
당연히 상대방은 자기 방어를 하려 하죠.
그러다 보면 둘 사이의 대화는 파국을 향해 간답니다.

그런데 '너'로 시작하는 대화법의 가장 큰 문제는,
자기 감정을 상대방에게 떠넘기려는 의도를 가지고 있다는 거예요.
"너만 아니었으면 내가 이런 기분을 느낄 리 없는데."라고 말하는 거죠.

물론 다른 사람이 내 감정에 영향을 미치기도 해요.
하지만 내 감정은 내가 결정한다는 사실을 잊지 마세요.
내 마음의 주인은 결국 나니까요!

상대방과 나를 존중하는 '나' 대화법

내 감정의 주체가 '나'라는 걸 확실히 표현하고
자신의 감정에 책임지는 대화는
바로 '나'에서 시작하는 거예요.
상대를 공격하거나 비난하거나 조롱하지 않고,
상대를 판단하지 않고도 내 마음을 표현할 수 있어요.

"넌 그렇게밖에 말을 못하니?"라고 하는 대신
"그런 말을 들으니까 내 마음이 아파."라고 말해보세요.
"너는 뻔뻔하게 이런 부탁을 당연한 것처럼 하는구나?"라고 하는 대신,
"나는 그 부탁 들어줄 수 없어."라고 말하세요.

상대방에게 내 감정을 이야기하는 이유는
상대와 화해하고 협력하고,
상대와의 관계를 더 좋게 만들기 위해서가 아닐까요?
그러려면 상대방을 존중하세요.
자신의 현재 마음에 책임지세요.
대화가 수월하게 풀릴 거예요.

오늘、 행복을 쓰다

지금 여기에서 행복 선택하기

살아 있는 모든 사람은 행복할 권리가 있습니다
행복할 자유 또한 있습니다
하지만 행복은 찾아지는 것도 주어지는 것도 아닙니다
바로 내가 선택하는 것입니다

잊지 마세요
바로 지금 여기에서 행복을 선택하면
나의 현재는 이미 행복한 것이고
나머지 삶 또한 행복을 향해 한 길로 나아가게 될 거예요

나의 행복은
바로 나의 마음, 나의 선택에 달려 있으니까요

불행과 손 잡는 사람

행복하게 살기 위해 목표와 꿈을 향해 달렸습니다.
한시도 쉬지 않고 달린 덕분에
계획보다 빨리 목표점에 닿았고
원래 품었던 꿈보다 더 큰 꿈을 이루었습니다.

그러나 목표와 꿈에 대한 진짜 마음의 중간점검을 안 하고
한시도 쉬지 않고 달리다 보니,
왜 그것을 이루어야 하는지 잊고 말았습니다.
목표 달성과 꿈 실현 자체가 진짜 목표가 되어버렸습니다.

잠깐의 기쁨과 환희, 행복이 지나간 자리를
이제 허탈과 허무가 잠식합니다.
그것을 채우려면 더 높은 목표와 더 큰 꿈을 품어야 합니다.
닿아야 할 곳이 높은 만큼
이루어야 할 꿈이 큰 만큼
마음은 조급해지고 불만으로 가득 찹니다.
그곳에 닿을 때까지
그것을 이룰 때까지
주어진 행복을 뒤로한 채
또다시 불행과 손을 잡게 됩니다.

참회하는 인간

실수와 잘못을 저지르고
후회를 하는 사람이 있는 반면
어떤 이들은 반성과 참회를 합니다.

잘났다고 생각하는 내가
과거에 실수한 나를 용서하지 못하는 마음이
곧 후회입니다.

나의 실수와 나의 부족함을 용서하지 못하니,
나와 실수에 대한 성찰을 할 수도 없습니다.
하여, 후회와 자책에 빠져 있는 사람은
발전하기도 성장하기도 어렵습니다.

과거의 실수를 만회하여 성장하려면
진정한 참회를 해야 합니다.
참(懺)은 그때의 일을 뉘우치는 것이고
회(悔)는 다시는 그런 잘못을 하지 않겠다고 다짐하는 것입니다.

(다음 페이지에 계속)

인생은 연습입니다.

실수하고 그것을 참회했더라도 또 잘못을 저지를 수도 있어요.

그럴 때 '역시 나는 안 돼.'라는 자책 대신 또 참회하세요.

중요한 것은 내가 잘못했음을 알아차리는 것입니다.

그래야 과거의 잘못이 현재의 경험으로 남습니다.

잘못을 벗 삼고, 경험을 양분으로 하면

더 나은 인생을 만들 수 있어요.

실수를 하더라도

잘못을 하더라도

'어떻게 이런 일을 내가 할 수 있지? 말도 안 돼!' 하며

자신을 괴롭히지 말아요.

반성하고 참회하며, 한 걸음 앞으로 나아가면 됩니다.

지금 여기에서 충실히

운동을 할 때 몸을 느껴보면
어떤 날은 가볍고, 어떤 날은 무겁습니다.
마음도 어떤 날은 즐겁고, 어떤 날은 우울해요.

인생도 마찬가지입니다.
어떤 날은 좋고, 어떤 날은 별로 좋지 않아요.

가벼운 몸도 무거운 몸도 다 내 몸입니다.
즐거운 마음도 우울한 마음도 다 내 마음입니다.
좋은 날도 안 좋은 날도 다 내 인생이고 삶입니다.

그러니 어떠한 날이라고 해서
특별히 좋을 것도 나쁠 것도 없습니다.
그저 하루하루를, 지금 여기를
충실히 지내면 됩니다.

가벼운 몸도 무거운 몸도 다 내 몸입니다
즐거운 마음도 우울한 마음도 다 내 마음입니다
좋은 날도 안 좋은 날도 다 내 인생이고 삶입니다

내 인생의 주인으로 산다는 것

주체적으로 산다는 것은
내 인생의 주인으로 살겠다는 것입니다

내 인생의 주인으로 살겠다는 것은
내 마음의 주인으로 살겠다는 것입니다

내 마음의 주인으로 살겠다는 것은
결정과 선택을 내가 하겠다는 것입니다

결정과 선택을 내가 한다는 것은
그 결과에 대한 책임도 내가 지겠다는 것입니다

책임은 지지 않고 좋은 열매만 가지려 한다면
도둑놈 심보와 다르지 않습니다

인생의 의미는 내가 찾는 것

인생의 의미는 일반적으로 규정할 수 없습니다.
'이것이다'라고 정해진 것도 없습니다.

77억 명의 사람이
77억 개의 각기 다른 얼굴로
77억 개의 서로 다른 마음을 가지고
77억 개의 서로 다른 의미를 품고 살아가는 것입니다.

인생의 의미는 고고한 철학자나
깨달음을 얻은 스승이 전해주는 것이 아닙니다.
각자의 삶을 살아가는 저마다가
스스로 찾고 부여하는 것입니다.
내 인생의 주인은 바로 나이기 때문입니다.

창조적 힘을 가진 자유인

나의 운명은
출신 배경, 성장 환경, 과거 경험 등에 의해
필연적으로 결정되는 게 아닙니다.

나의 운명은 스스로의 힘으로 창조할 수 있습니다.

스스로 운명을 개척해나갈 때 비로소
그 누구에게도 예속되거나 속박되지 않는
창조적 힘을 가진 자유인이 될 수 있습니다.

과거에 집착하지 말아야 하는 이유

과거에 내가 어떤 사람이었는지
과거에 내가 무슨 잘못을 했는지
후회하고 괴로워하지 마세요.
이 세상 누구도 과거를 바꿀 수는 없어요.

과거에 대한 후회가 클수록 집착과 괴로움은 커져갑니다.
과거에 사로잡힐수록 현재와 미래마저 잃게 됩니다.

부족했던 과거의 나를 있는 그대로 바라보세요.
과거에 잘못했던 일도 있는 그대로 봐주세요.
책망하고 괴로워하는 마음이 아니라,
다른 사람의 과거를 대하듯
차분하고 객관적인 눈으로 바라보세요.

그런 시간이 차분히 쌓이면
그때 왜 그런 실수와 잘못을 했는지 알게 됩니다.
그리고 같은 실수를 반복하지 않겠다고 결심하는 한편,
과거의 잘못을 되풀이하지 않을 방법도 찾게 될 거예요.

부족했던 과거의 나를
있는 그대로 바라보세요
과거에 잘못했던 일도
있는 그대로 봐주세요
책망하고 괴로워하는 마음이 아니라
다른 사람의 과거를 대하듯
차분하고 객관적인 눈으로 바라보세요

117

도무지 내 맘 같지 않은 사람

주변에 마음에 들지 않는 사람이 있으면
그 사람이 바뀌었으면 하고 바랍니다.
그런데 그 속뜻은
상대가 내가 원하는 사람이 되기를,
내가 원하는 모습으로 변하기를 바라는 것입니다.

상대가 내 마음에 들지 않는 것은 그의 잘못이 아닙니다.
내가 색안경을 끼고 바라보기 때문입니다.
색안경을 통해 보면 세상도 사람도
있는 그대로의 모습으로 다가오지 않습니다.

내 눈의 색안경을 벗을 일이지
상대를 바꾸려는 것은 부질없는 일입니다.

나의 미래는 내가 결정한다

미래를 결정하는 것은
과거의 경험, 상처, 영광이 아닙니다

그것들을 내가 어떻게 해석하는가에 따라
나의 미래는 결정되는 것입니다

같은 경험이라도
부정적으로 해석하면
부정적인 미래가 다가올 것이고
긍정적·발전적으로 해석하면
밝은 미래를 맞이하게 될 것입니다

나의 미래는 내가 결정하는 것입니다

내 마음의 주인이 된다는 것

도서관에 책을 빌리러 나선 길,
10분이나 지나서야 대출증을 안 가지고 나온 걸 알았습니다.
5분만 더 가면 도서관인데……
어떻게 해야 할까요?

대출증을 깜빡 잊은 자신을 탓해야 할까요?
10분이나 걷기 운동을 했으니 좋은 시간이었네, 할까요?

씩씩대며 집으로 돌아가 대출증을 챙겨 올 수도 있고
운동을 더 할 좋은 기회가 주어졌다 생각하며 집으로 갈 수도 있습니다.

다시 집으로 돌아가 대출증을 가져와야 한다는 결과는 같지만,
오가는 25분 동안의 마음은 결코 같을 수 없습니다.

내 마음의 주인이 된다는 것은 이런 것입니다.
같은 상황에서도 어떤 마음을 먹을 것인지,
같은 상황을 어떻게 해석할지에 따라서
내가 내 마음의 주인이 되기도 하고 노예가 되기도 합니다.

인정하고, 노력하기

선천성 심장 기형으로 태어난 나는
숨이 차서 빨리 걷는 것조차 힘들었습니다.
체육시간에는 항상 운동장 벤치에 앉아
친구들이 뛰는 것을 구경만 했습니다.
허약한 육체에 대한 열등감이 강할 수밖에 없었습니다.
그럼에도 당당히 내 일을 해나가는 어른이 되어
세상에 조금이라도 기여하는 사람이 될 수 있었던 이유는
남들과 출발점이 다르다는 것을 인정하고
내가 할 수 있는 최선의 노력을 다했기 때문입니다.

열등감을 해석하는 법

누구나 열등감을 가지고 있습니다.
세계적인 지도자나 천부적인 재능을 가진 사람도
최소 한 가지의 열등감은 느끼며 삽니다.
그러니 77억 명이 살아가는 이 지구에는
적어도 77억 개의 열등감이 있다는 말이 됩니다.

열등감은 그 자체로는 나쁜 것도 부정적인 것도 아닙니다.
다만 그것의 노예가 되어 자신을 나락으로 떨어뜨리느냐,
그것을 자기 발전의 원동력으로 삼을 것이냐에 따라
각자의 삶이 달라질 뿐입니다.
이것은 불변의 진리입니다.

열등감에 무릎 꿇지 말아야 하는 이유

열등감은 지금의 자신을
초라하고 작게 여기는 마음에서 비롯됩니다.

하지만 다른 사람과의 비교에서 오는 열등감이 아니라
더 나은 내 모습과 지금의 나를 비교함으로써 오는 열등감은
건강하고 긍정적인 열등감입니다.

내가 바라는 미래, 이루고 싶은 꿈이
지금 서 있는 곳보다 100미터 높은 곳에 있다면
마음속에서 그 100미터 차이만큼 열등감이 싹틉니다.
좀 더 나은 미래를 향한 마음,
좀 더 큰 꿈을 이루고자 하는 바람이
지금 이 자리에서 열등감을 만듭니다.

이런 열등감 앞에서는 낙담하고 무릎 꿇을 이유가 없습니다.
오히려 자신을 격려하고 응원하고
그 열등감을 발판삼아 한 발 한 발 나아가면 됩니다.

다른 사람과의 비교에서 오는 열등감이 아니라
더 나은 내 모습과 지금의 나를 비교함으로써 오는 열등감은
건강하고 긍정적인 열등감입니다

열등감은 발전의 동인 動因

열등감은 발전의 원동력입니다.
인류가 진보와 발전을 이룰 수 있었던 것은
스스로의 무지를 깨닫고
한 차원 높은 미래에 대한
뜨거운 열망이 있었기 때문입니다.

지진이 자주 일어나는 일본은
그 피해를 줄여보고자 노력한 끝에
세계 최고의 지진 대비 기술을 구축했습니다.

세계 유일의 분단국가인 우리나라는
전쟁의 폐해를 잘 알기에
미래 평화 구축을 위해 온 힘을 다해 외교전을 펼쳐,
세계 평화 유지에 큰 몫을 담당하고 있습니다.

이처럼 열등감은 한 개인뿐 아니라
한 국가의 미래와 인류의 발전에 없어서는 안 될
긍정적 동인(動因)입니다.

인정받지 못해도 괜찮은 이유

다른 사람에게 인정받지 못했다 해서
흔들리거나 우울해할 필요 없어요.
누군가 당신을 인정하지 않는다 해도
사실에 기반을 둔 판단이라기보다는
대부분 그들의 지극히 개인적인 견해일 뿐입니다.
사람들의 견해는 종종 비합리적인 믿음에서 나옵니다.
그러니 다른 사람의 인정 여부에 흔들리지 마세요.

남들도 하는데, 아님 말고!

허약한 몸 때문에 할 수 있는 게 많지 않았지만
하고 싶은 일이 생겼을 때
몸을 핑계 삼아 미리 포기하고 주저앉지 않았습니다.

사람은 누구나 열등한 부분이 있음을 알았기에
허약한 몸이 큰 장애가 된다고 생각하지 않았습니다.

다른 친구들처럼
달리고 싶을 때
놀고 싶을 때
철봉에 매달리고 싶을 때
건강한 친구들과 비교해 나를 위축시키지 않았습니다.
나처럼 작고, 나보다 약해 보이는 친구가
달리고 놀고 공부하는 모습을 보며
스스로에게 이렇게 말해주었습니다.
"남들도 하는데, 나도 할 수 있어.
까짓것 해보지 뭐. 아님 말고!"

(다음 페이지에 계속)

실패는 나쁜 것이 아닙니다.

지레 겁먹고 좌절해

시도조차 하지 않고 주저앉는 것이 나쁜 것입니다.

"남들도 하는데, 아님 말고!"

힘들다고 여겨지는 일 앞에서

이 말은 꽤나 근사한 격려가 됩니다.

실패는 나쁜 것이 아닙니다
지레 겁먹고 좌절해
시도조차 하지 않고
주저앉는 것이 나쁜 것입니다

시도하지 않으면 실패도 없다

부모님이 정해준 공부를 하고 있는 한 청년의 고민을 들었습니다.
적성에 맞지도 않고 재미도 없어 그만두고
하고 싶던 공부를 시작하려고 하는데
잘하는 선택일지 걱정이 많다고 합니다.
어떤 결정을 내리는 게 좋을까요?

부모님의 뜻대로 하면 안정적이기는 하지만,
재미도 없고 의욕마저 떨어질 수 있습니다.
반면 내 의지대로 하면 미래에 대한 불안은 생기겠지만
신나게 할 수 있을 것이고요.

내 뜻대로 했을 때
이전보다 안 좋은 결과가 나올 수도 있습니다.
그러나 그것은 성장의 과정입니다.
시도하지 않으면 실패도 없습니다.

실패를 통해 다시는 실패하지 않을 방법을 연구한다면
우리는 더욱 성장할 수 있습니다.
그 과정이 바로 성공으로 나아가는 길입니다.

내가 선택한 사랑

아직은 이룬 것이 별로 없지만
성실하고 미래를 위해 꾸준히 투자하는 한 남자를
사랑하는 여자가 있습니다.
부모님은 그의 조건이 좋지 않다며 결혼을 반대합니다.
좋은 직장 다니는, 경제적으로 안정된 남자를 만나라 합니다.
부모님과 남자친구 사이에서 갈등하는 이 여성은
어떻게 하면 좋을까요?

(다음 페이지에 계속)

부모님이 권하는 남자와 결혼하면
경제적으로 안정되게 살 수 있을 것입니다.
그러나 그 삶이 과연 행복할까요?

부모님의 뜻대로 사는 것은
내 인생과 내 마음의 주인으로 사는 삶이 아닙니다.
내가 결정하고 선택하고 책임을 져야
내 인생의 주인, 내 마음의 주인으로 살 수 있습니다.
아직은 부족하지만 그와 함께할 때 행복하고
두 사람이 성장할 수 있다면,
설령 작은 실패가 있어도 극복할 수 있다면
자신이 원하는 것을 선택해야 합니다.

그것이 내 인생의 주인공이 되고
내 마음의 주인으로 사는 길입니다.

나그네와 무전여행

인생은 정처 없는 나그네의 삶도,
치기 어린 무전여행도 아닙니다.
나그네의 삶과 무전여행은 낭만적이기는 하지만
시련과 불운, 낭패가 따르기도 합니다.

내가 가야 할 곳을 제대로 알지 못하고
가야 할 곳을 정해놓지 않는다면
나그네와 다를 바 없는 삶이 됩니다.

나그네의 삶과 무전여행에는 비용이 들지 않아 좋을 수 있습니다.
그러나 대부분의 사람은 살아가기 위해 합당한 비용을 치르며 살아갑니다.
그냥 흘러가는 대로 살지 않아요.
먹고 살기 위해 일을 해야 하고,
좋은 인간관계를 만들어야 하고,
사랑도 가꾸어야 해요.
아들러는 이것을 인생의 과제라고 했지요.

(다음 페이지에 계속)

삶의 목표를 세우고 인생의 과제를 잘 수행하면
행복한 삶을 누릴 수 있습니다.
반대로 목표도 없고, 인생의 과제도 수행하지 못하면,
삶의 비용을 치르지 않는 나그네처럼,
대책 없는 무전여행자처럼 살게 되겠지요.

나그네의 삶과 무전여행의 길은 낭만적일 수 있고,
비용을 치르지 않아도 되지만,
삶이라는 여정 곳곳에서
시련과 불확실성, 외로움과 낭패를 만날 가능성이 높아요.

그러하기에
우리는 삶의 목표를 세우고
인생의 과제를 수행하며
오늘보다는 나은 나를 만들며
삶의 여정을 꾸려야 해요.

선택의 힘

선택은 나를 자유롭게 하는
힘을 가지고 있습니다
감정을 선택할 수 있다는
사실을 알게 된다면
자신의 삶을 통제할 수 있다는
자신감을 갖게 됩니다

오늘은

오늘은
내게 남겨진 날들 중 가장 젊은 날
그러므로
앞으로 남겨진 날들은 조금 더 깊고 넓어지기를

오늘은
지금까지 살아온 날들 중 가장 원숙한 날
그러므로
지금까지 살아온 날들 중 가장 행복한 날이 되기를

용기의 조건

새로운 도전은 누구에게나 쉬운 일이 아닙니다.
그럼에도 불구하고
끊임없이 도전하고 시도하는 사람들이 있어요.
그들은 다른 사람들에게는 대단한 존재로 비쳐집니다.
사람들은 그들을 바라보며 자신을 초라하다 여깁니다.

나도 그들처럼 할 수 있다고 주문을 외우지만
대부분 공염불에 그치고 맙니다.
도전해야 한다는 사실을 모르는 게 아니라
도무지 용기가 생기지 않기 때문입니다.

용기는 억지로 애쓴다고 생기는 게 아닙니다.
애초에 남들보다 용기가 부족한 사람도 있어요.
이들에게 억지로 "넌 할 수 있어!"라며 동기 부여만 한다면
오히려 '용기 없고 초라한 자신'만 발견할 뿐입니다.

(다음 페이지에 계속)

153

이들에게 필요한 건 동기 부여가 아니라
용기 부여입니다.

용기는 자기 자신을 가치 있는 사람이라고 생각할 때 발현됩니다.
자신의 가치를 평가 절하하는 사람은
항상 자신의 단점만 발견할 뿐입니다.
따라서 용기 있는 사람이 되기 위해서는
자기를 가치 있는 존재로 여겨야 해요.

이 또한 지나가리라

쇠도 녹일 듯 뜨거운 기온이 이어질 때는
여름이 영영 끝나지 않을 듯하지만,
이내 하늘은 높아지고 선선한 바람이 불어옵니다.
이 가을을 좀 더 즐기고 싶은 마음이지만
여지없이 찬바람이 불고 기온은 영하로 떨어집니다.

우리 인생도 마찬가지입니다.
어려움과 고난이 있을 때는
그것이 영원히 지속될 것 같지만
시간이 지나 돌아보면 그것도 한때일 뿐.
즐겁고 좋은 시간이 찾아오면
영원히 그 행복을 누리고 싶지만
그 또한 한때일 뿐.

(다음 페이지에 계속)

마냥 행복하기만 한 삶도
마냥 고통스러운 삶도 없습니다.
인생의 기쁨과 고통은 이렇듯
지나고 보면 짧은 꿈과 같습니다.

좋은 꿈이든 나쁜 꿈이든
다 지나간다는 것을 안다면
내 앞에 놓인 일에 여유가 생겨
조금 더 행복한 인생을 살 수 있습니다.

마냥 행복하기만 한 삶도
마냥 고통스러운 삶도 없습니다

인생의 기쁨과 고통도 이렇듯
지나고 보면 짧은 꿈과 같습니다

내게 주어진 인생 과제

아들러는 말했습니다.
행복하게 살기 위해서는
인간에게 주어진 세 가지의 인생 과제를
성공적으로 해결해야 한다고요.

첫 번째, 일의 과제.
의미 있는 일을 찾아 성취하는 것.

두 번째, 인간관계의 과제.
진실한 인간관계를 꾸리는 것.

세 번째, 사랑의 과제.
누군가와 진정한 사랑을 주고받는 것.

이 과제들을 잘 해결해야만
진정으로 행복한 삶을 살 수 있어요.

삶의 모든 고민은 인간관계에서 시작한다

일의 과제, 인간관계의 과제, 사랑의 과제.
이 세 가지 인생 과제를 잘 해내려면 어떻게 해야 할까요?

세 가지 과제를 잘 살펴보면
모두 '인간관계'를 중심에 두고 있음을 알 수 있어요.
그러니 일의 과제와 사랑의 과제도
결국은 인간관계의 과제임을 알 수 있어요.
일도 다른 사람과 더불어 해야 하고,
사랑 또한 상대가 있어야 가능하니까요.

따라서 삶의 모든 고민과 문제의 시작점은 인간관계입니다.
행복하고 성공적인 삶을 살기 위한 답 역시
원만하고 안정적인 인간관계에서 찾을 수 있어요.

삶은 한 사람의 독주(獨奏)로는 완성할 수 없는
오케스트라 공연과 같습니다.
이 사실을 기억한다면,
인생 과제를 훌륭히 해결해나갈 수 있어요.

과제 분리를 못하는 사람은 불행하다

과제를 분리한다는 것은

남의 인생에 끼어들지 않는 것을 말합니다.

남의 일에 간섭하지 않고 참견하지 않는 것.

남에게 내 생각을 강요하지 않는 것.

과제를 분리한다는 것은

내 인생의 주인이 내가 된다는 것입니다.

내 일은 내가 선택하고 결정하는 것.

내 선택에 대한 책임도 내가 지는 것.

회피하지 않는 것.

내 인생 과제를 타인에게 떠넘기지 않는 것.

나에게 생긴 일은 내가 해결하려는 의지를 갖는 것.

과제 분리를 하지 못하면 결코 행복할 수 없습니다.

과제 분리의 최대 난제, 부모의 간섭

사랑한다는 명목으로

훈육한다는 핑계로

아직 어리다는 이유로

인생을 잘 모른다는 명목으로

많은 부모들이 자녀의 과제에 개입합니다.

자녀에게 공부하라고 잔소리하는 것은

아이의 과제에 개입하는 행동입니다.

공부를 잘해서 상을 받는 것은 자녀의 몫이지, 부모의 몫이 아닙니다.

공부를 못하더라도 그것 또한 자녀의 몫입니다.

부모는 자녀의 삶을 대신 살아줄 수 없습니다.

자녀의 과제를 대신할 수도 없지요.

부모가 해야 하는 것은

다만, 믿어주고 격려해주고 기다려주는 것뿐입니다.

부모의 신뢰와 격려 속에서

자녀는 자신의 과제를 수행할 힘을 키울 수 있습니다.

인생 최종 목표를 갖는다는 것

인생의 최종 목표를 갖는 건 무척 중요한 일입니다.
최종 목표가 분명해지면
그것을 달성하기 위한 하위 목표들이 보다 구체적으로 세워지고,
그 하위 목표를 달성하기 위한 실행 계획들이
더 구체적으로 만들어지기 때문이죠.

여기서 주목할 점은,
인생의 최종 목표는
'무엇이 될 것이다' 하는 식의 구체적인 것이 아니라
'어떻게 살고 싶다' '어떤 사람이 되고 싶다'라는
추상적이고 허구적인 것으로 잡아야 한다는 점입니다.
그래서 아들러는 인생의 최종 목표를
'허구적 최종 목표'라고 했지요.

(다음 페이지에 계속)

허구적 최종 목표는
삶의 혼돈 속에서 방향을 잃지 않고
올바른 인식에 도달할 수 있도록 이끌어주는 역할을 해요.

가령, '재미있고 행복하게 산다'가 인생의 최종 목표인 사람은
언제 어디에서 무슨 일을 하든,
자신의 삶을 재미있고 행복하게 살기 위해 노력하고
올바른 길로 나아갈 거예요.

하위 목표와 구체적 실행 계획 만들기

'재미있고 행복하게 산다'는 것이 최종 목표라면,
이에 따른 하위 목표는 무엇이 될까요?

건강한 몸과 마음, 경제적 안정, 가족의 화목,
인간관계의 만족 등이 있을 거예요.

그럼 이런 여러 개의 하위 목표를 이루기 위한
구체적인 실행 계획은 어떤 것들이 있을까요?

건강한 몸과 마음을 위해서 규칙적인 식사와 수면 습관을 생활화하고,
운동과 마음공부 등을 할 수 있겠죠.
경제적 안정을 위해 성실하게 일을 하고
여유가 있다면 투잡을 할 수도 있을 거예요.
가족의 화목을 위해서는 내 주장과 고집을 내려놓는 연습을 하고
부모님을 좀 더 봉양할 수 있겠죠.
만족스러운 인간관계를 위해서는 이타심을 가지고 상대방을 대하며
주변 사람들을 챙기려고 노력할 거예요.

(다음 페이지에 계속)

최종 목표와 하위 목표, 실행 계획을
옆 페이지에 자유롭게 쓰고 그려보세요.

물론 목표와 계획은 때에 따라 바뀔 수 있어요.
이 세상에 변하지 않는 것은 없으니까요.
다만, 최종 목표를 정할 때는 좀 더 심사숙고하기를 바랍니다.
이것은 자신의 가치관을 반영하는 일이니까요.

최종 목표가 지금 여기에 끼치는 영향

허구적 최종 목표는 미래나 과거가 아닌
현재에 영향을 줍니다.
재미있고 행복하게 사는 게 최종 목표인 사람은
현재의 삶, 지금 여기에서
그것을 달성하기 위해 노력할 테니까요.

최종 목표가 있는 사람과 없는 사람은
바로 이것 때문에 극명하게 나뉘기도 해요.
행복한 삶을 위해서라도
인생의 최종 목표를 갖는 것은 무척 중요한 일이에요.

목표 달성의 열쇠

바라서는 안 되는 것을 포기할 줄 아는 용기.
바라도 되는 것을 향한 성실한 노력.

이것이
목표를 달성한 사람이 양손에 쥐고 있는
행복의 열쇠입니다.

'지금 여기'를 잘 살아야 하는 이유

우리의 인생 전체는
지금 여기의 삶이 모이고 모여 이루어집니다.
원소 하나하나가 모여 집합을 이루듯 말이지요.
지금 이 순간, 지금 여기의 삶이
행복과 보람으로 충만하지 않다면
우리 인생이라는 집합은 공집합이 될 거예요.
내 인생이 공집합이 된다면,
정말 허무하고 허탈하지 않겠어요?
이것이 바로 우리가
'지금 여기'를 행복하게 잘 살아야 하는 이유예요.

'지금 여기'에서 잘 산다는 것은

다가오지 않은 미래를 위해
오늘의 행복을 미뤄서도 안 되고
오늘의 안락을 위해
미래의 꿈과 목표를 방치해도 안 돼요

미래에 대한 대비 없이
꿈과 목표를 위한 노력 없이
'지금 여기'의 오늘을 허비하고 낭비해서는 안 돼요
'지금 여기'의 오늘보다 미래가 더 중요해서
오늘의 나나 오늘의 행복을 미룬다면
그것은 미래를 위해 오늘을 희생시키는 어리석은 짓이에요

현재도 미래도 희생시키지 않고
현재도 미래도 행복한 삶
그것은 '지금 여기'를
주체적으로 사는 것에서 답을 찾을 수 있답니다

오늘、감정을 쓰다

모든 행동과 감정에는 목적이 있다

아들러는 말했습니다.
인간은
'원인' 때문에 살아가는 존재가 아니라
'목적' 때문에 살아가는 존재라고.

그러하기에 우리는
'과거에 이러저러했기 때문에'가 아니라,
'현재와 미래의 무엇무엇을 위해' 살아가야 해요.

아들러는 또 말했어요.
인간의 감정에도 저마다의 목적이 있다고요.

무엇 때문에 감정이 생겼다 없어지는 것이 아니라,
누구 때문에 화가 나고 짜증이 나는 것이 아니라,
자신의 특정한 목적을 달성하고자
그 감정들을 만들어내는 것이라고 말입니다.

(다음 페이지에 계속)

그러하기에 우리는

나쁘고 불편한 감정에 휩싸였을 때

타인을 탓하거나 외부 상황에 원인을 돌릴 것이 아니라,

내 감정을 먼저 돌아봐야 해요.

내 감정이 이렇게 불편하구나, 인정하고

나의 어떤 생각이 감정에 어떠한 영향을 끼쳤는지 살피고

내 감정이 어떠한 목적을 가지고 있는지 알아보세요.

그러면 불편하고 나쁜 감정에서 조금이나마 자유로워질 거예요.

감정은 내가 선택하고 결정한다

"귀신에게 홀렸나 봐."라는 말이 있듯
감정을 불가사의하게 여기는 사람이 많습니다.
감정이 하늘에서 떨어지거나
영혼 깊은 곳에서 솟아난다고 생각합니다.

이는 자신의 감정에 책임지지 않겠다는 뜻입니다.
다른 사람이나 어떤 사건 때문에
감정이 생긴다고 여기는 것입니다.

그러나 감정은 나의 목적을 이루기 위해
내가 선택하고 결정한 거예요.

이미 일어난 사건 자체를 바꿀 수는 없지만
그에 대한 대응 방식은 내가 선택할 수 있어요.
바꿀 수 없는 사건이나 상황을 탓하는 대신
이미 일어난 사건을 전혀 다르게 생각하기로 마음먹으면
그에 대한 감정도 바뀌게 됩니다.

감정은 통제 가능하다

감정은 스스로 통제할 수 없다는 선입견이 있습니다.
그러나 관점과 판단만 달리 해도
감정은 얼마든지 바꿀 수 있습니다.

만약 감정적으로 행동해서 결과가 좋지 않으면
주저하지 말고 다른 감정을 선택해야 해요.

화가 난다고 상대에게 화를 표출해봤자
상대를 화나게 하거나 상대를 주눅 들게 해서
결국 입을 닫게 할 뿐이에요.

화가 끓어오를 때 바로 알아차리고,
화를 낼지, 화를 다스리고 대화를 할지 선택하는 게
자신에게도 상대에게도 이득이 될 겁니다.

감정은 스스로 통제하지 못하는 반사적 심리 반응이라는 선입견은
감정을 반사적으로 분출하는 오래된 습관에서 나온 것일 뿐입니다.
그러나 우리는 감정을 통제하고 선택할 수 있습니다.

화를 내는 진짜 이유

많은 사람들이 화를 내는 이유가 상대방 때문이라고 생각합니다.
외부 환경 때문이라고 생각합니다.

그러나 감정은 나의 선택입니다.
어떠한 목적을 달성하기 위한 내 마음의 전술이에요.

화를 내는 자신의 모습과,
화를 받아들이는 상대의 모습을 번갈아 생각해보세요.
나는 지금 왜, 무엇 때문에 화를 내고 있는가?

"죄송합니다."라는 말을 듣고 싶지 않았나요?
"그만해. 네 뜻대로 할게."라며 내게 굴복하길 바라진 않았나요?
혹은…… 상대가 울며 용서를 구하길 바라지는 않았나요?

나와 생각이 다른 상대에게 내 뜻을 강요하기 위해,
상대방을 통제하기 위해,
때로는 상대에게 상처 입히고 복수하기 위해,
우리는 화를 내곤 합니다.
이것이 화를 내는 진짜 이유입니다.

분노의 화살은 결국 나에게 돌아온다

화를 내면,
상대방을 통제하려는 목적을
달성할 수 있을까요?

그렇지 않아요.
오히려 상대에게는 저항하는 마음이 생겨납니다.
통제받기 좋아하는 사람은 없으니까요.
만약 상대방이 통제받기를 거부하면
나의 화와 분노는 점점 강해집니다.
결국 통제는 실패로 돌아가고
내 마음만 괴로워집니다.
분노의 화살이 맞힌 과녁은 결국 자신인 셈입니다.

계속 화를 내면서 사는 게 좋을까요?
대화와 타협, 설득으로 전술을 바꾸는 게 좋을까요?
나를 위한 현명하고 지혜로운 선택은 무엇일까요?

화를 냄으로써 얻을 수 있는 것은
생각보다 아주 적습니다.

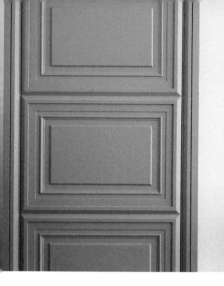

화를 냄으로써 얻을수있는것은
생각보다 아주 적습니다

역지사지의 자세

'내가 옳고 상대방은 틀렸다.'라고 생각할 때 화가 납니다.
하지만 정말로 내가 옳은지 아닌지는 아무도 모릅니다.
그리고 언제나 옳은 것도, 언제나 틀린 것도 없기 때문에
어떤 것을 옳고 그름의 잣대로 판단하는 건 무척 위험한 일입니다.

화가 날 때는 역지사지의 마음을 가져보세요.
상대방의 입장과 관점에서 생각해보면
그의 심정을 이해할 수 있습니다.
그의 심정이 이해되면 화가 가라앉습니다.
둘 사이의 다툼과 갈등을 풀려는 마음이 생겨납니다.

화를 내서 풀 수 있는 문제는 그리 많지 않습니다.
상대방의 입장이 되어 생각해보면
그때부터 화도 풀리고 문제도 해결되기 시작할 겁니다.

공감 능력 키우는 연습

선천적으로 타인에게 공감을 잘하는 사람도 있고
공감 능력이 부족해 인간관계에 불편을 겪는 사람도 있습니다.

없던 공감 능력이 어느 날 갑자기 생겨날 수는 없지만
의지를 갖고 노력한다면 키울 수는 있습니다.

다음은 공감 능력을 키우는 연습법입니다.

① 최근에 자신과 상대방의 의견이 달라 화를 내고 대립했던 상황을
   떠올려보세요.
② 상대방 감정의 목적은 무엇이었을지 생각해보세요.
③ 상대방은 무슨 생각을 하고 있었을지 생각해보세요.
④ 그가 과거에 겪은 일이 그에게 영향을 끼친 것은 아니었을까,
   상대방이 상처를 입은 일이 있다면 그 원인은 무엇이었을까 생각해보세요.
⑤ 상대방의 현재 상황이 어떠할지 떠올려보세요.

쉽지는 않겠지만, 이 연습을 반복적으로 한다면
공감 능력은 나날이 성장하게 될 거예요.
공감은 상대방의 눈과 귀와 마음이 되어보는 것입니다.

다행이다, 정말 다행이다

완벽주의자는 자신에게 화를 잘 냅니다.
스스로의 기대에 미치지 못할 때 자신을 무력하다고 탓하고
심하면 자학을 하기 때문이지요.

부족하고 실수한 자신에게 실망하고 화내기보다는
'실수를 알게 되었으니 다행이다.'
'하지 말아야 할 일을 알게 되었으니 좋은 일이다.'
이렇게 관점을 바꾸면
자신에 대한 실망과 화가 줄어들 거예요.

타인을 이해하고 공감하는 것만큼
자기 자신의 단점을 수용하고
공감하는 것도 무척 중요합니다.

타인을 이해하고 공감하는 것만큼
자기 자신의 단점을 수용하고
공감하는 것도 무척 중요합니다

우울한 내 마음, 내가 공감하기

살다 보면 누구나 우울한 감정을 느낄 때가 있습니다.
그래서 우울증을 가끔씩 찾아오는 손님이라고 합니다.
물론 반가운 손님은 아니에요.
반갑지 않은 손님이 찾아왔을 때 억지로 밀어내지는 못하는 것처럼
우울증 역시 부정하거나 밀어내는 것은
자신에게 전혀 도움이 되지 않아요.

울적하고 기분이 나빠지고 슬퍼지고 아무런 희망이 보이지 않는 마음.
자신을 무능하고 무가치하다고 느끼는 마음.
이런 심리적 어려움에 대해
누군가에게 도움조차 청하지 못하는 상태.

내 마음이 이런 상태라면
지금 내가 우울하구나, 인정해줘야 해요.
나의 마음을 수용하고 공감하는 자세가 무엇보다 중요합니다.

우울증을 가볍게 보지 않기

우울한 감정은 잠시 머물다 자연스럽게 사라지기도 합니다.
감기에 걸렸을 때 며칠 앓다가 낫는 것처럼요.
그러나 깊은 우울증은 그대로 둬선 안 돼요.
독감을 치료하지 않고 방치하면 목숨이 위험해지듯
우울증도 마찬가지에요.

우울증이 깊어지면 슬프고 불안한 감정을 넘어
자신과 타인, 세상살이에 냉담해지고
부정적인 관점에 지배를 받아
모든 것을 거부하게 됩니다.
그리하여 때로는 극단적인 선택에 이르기까지 합니다.

우울증이 무서운 이유,
치료받아야 하는 이유입니다.

"나는 우울해, 그러니 나를 좀 돌봐줘."

우울증의 목적,

바로 자기 행동에 대한 책임을 회피하는 좋은 핑계입니다.

자신의 나약함을 내세워 타인의 기대치를 낮추고,

그럼으로써 일처리에 대한 압박감을 줄일 수 있거든요.

다른 사람의 보호와 배려를 끌어낼 때도 아주 좋아요.

실패에 대한 변명과 비판에 대한 자기방어의 수단으로도 유용하죠.

이를 이용하려는 욕구를 가지면,

우울증과 이별하기가 참 어려워집니다.

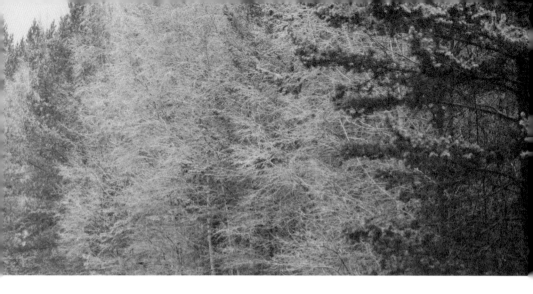

긍정적인 목적과 부정적인 목적 구분하기

우리는 모든 감정을 느낄 권리가 있지만
내가 정말 그런 감정을 원하고 있는지,
그 감정을 표현한다면 내 삶에 도움이 되는지
제대로 된 판단을 해야 해요.
내가 놓여 있는 상황에서
최선의 결과를 얻을 수 있는 행동방식을 선택해야 하고요.
만약 어떤 감정을 표현했을 때
아무것도 변화시키지 못하고
자신에게 도움이 되지 않는다면
스스로 그 감정을 바꿔야 해요.

우울증의 목적인 책임 회피는 결코 긍정적인 목적이 될 수 없어요.
언제나 긍정적인 목적에 부응하는 감정을 선택하고
부정적인 목적을 가진 감정과는 이별하고자 노력해야 해요.
감정의 주인이 아닌, 감정의 노예가 되면 안 된다는 걸 잊지 마세요.

긍정적인 사고방식이 필요해

인간이라면 누구나 우울한 감정을 느끼며 살아갑니다.
그런데 유독 우울증에 잘 걸리는 사람들이 있어요.
자신과 삶을 부정적이고 비관적으로 바라보는 사람은
우울증과 아주 친합니다.
부정적인 사고방식은 우울과 불안을 더 강하게 만들거든요.

그렇기 때문에 긍정적이고 현실적인 생각이 필요합니다.
긍정적인 사고방식을 갖게 되면
우울한 기분에서 벗어나 자존감을 높일 수 있어요.

비현실적인 것을 기대하면, 우울증만 깊어질 뿐

자신에 대한 기대치가 너무 높아도 우울증에 잘 걸려요.
도달하기 어려운 높은 수준의 목표를 정해놓고
거기에 이르지 못하면 깊은 좌절감과 우울증에 빠지는 것입니다.

원하는 것은 반드시 손에 넣어야 한다거나
어떤 일에 전념한다면 반드시 성공할 거라 여기거나
훌륭한 업무 성과를 내면 당연히 칭찬과 보상을 받아야 한다고 믿거나
늘 완벽해야 하고 그 기대에 미치지 못할 경우 패배자라고 여긴다면
우울증을 항상 친구로 삼게 될 거예요.
이러한 생각과 믿음은 비현실적인 것이기 때문입니다.

아무리 간절히 원해도 무엇이든 손에 넣을 수는 없어요.
어떤 일에 전념했더라도 실패할 수 있는 게 인생이에요.
완벽하지 않고 불완전하더라도
그 자체로 의미 있고 소중한 존재라는 걸 잊지 마세요.

인생은 비현실적인 기대와는 무관하게 흘러갑니다.
기대치가 너무 높으면 자신과 인생에 실망하게 될 거예요.

아무리 간절히 원해도
무엇이든 손에 넣을 수는 없어요
어떤 일에 전념했더라도
실패할 수 있는게 인생이에요
완벽하지 않고 불완전 하더라도
그 자체로 의미있고
소중한 존재란걸 잊지마세요

남의 말에 쉽게 흔들리면 우울해진다

인간은 누구나 타인에게 인정받고 싶은 욕구를 가지고 있어요.
그러나 인정 욕구가 지나치게 강한 사람은
그 욕구가 좌절되었을 때 쉽게 우울감에 빠져요.
타인의 신임을 잃으면 견디기 어려운 고통을 느끼고
자존감과 자신감도 잃게 되는 경우가 많습니다.

그런데 그게 우리 삶에 그렇게 중요할까요?
자존감과 자신감은 타인이 부여하는 것이 아니라
자신의 생각과 믿음이 좌우하는 거예요.
타인의 평가와 판단을 맹목적으로 믿지 않는다면,
타인의 인정 여부는 당신에게 그리 큰 영향을 미치지 못합니다.

타인의 인정이 없다고 해서 우울해할 필요는 없어요.
타인이 나를 인정하지 않는 것은 그의 견해일 뿐이에요.
그 사람이 비합리적인 생각을 하고 있을 수도 있잖아요.
그러니 타인의 인정에 휘둘리지 말고,
나 자신을 인정하는 것이 무엇보다 중요합니다.

분노와 우울증은 아주 친한 이웃사촌

우울할 때는 자기 뜻대로 이뤄지는 게 별로 없어요.
때문에 쉽게 화를 내지요.
상황을 통제하거나 바꿀 수 없는 데 분노를 느껴요.
화가 나면 생각이 부정적으로 변하고
부정적인 생각은 분노의 감정을 격화시켜요.
마음속에 쌓인 분노는 무력감을 유발하고
이는 다시 우울증을 강화시킵니다.

그러나 분노 역시도 스스로 선택하고 결정한 감정이기 때문에
우리는 다른 감정도 선택할 수 있다는 걸 잊지 말아야 해요.
분노를 느꼈다면 마음속에 어떤 생각이 있는지 깨달아야 해요.
그리고 나서 이 생각들을 바꿔보세요.
좀 더 객관적으로, 덜 자극적으로 변화시켜야 해요.
상황을 긍정적인 시각으로 바라보면
분노는 자연스레 진정될 거예요.

죄책감의 또 다른 이름, 우월감

새해를 맞이해 절약을 하겠다고 결심한 그,
한 달도 지나지 않아 온갖 것을 잔뜩 질러버렸습니다.
깊은 죄책감을 느낍니다.

'또 잔뜩 질러버렸어.'

그런데 한편으로는 이런 생각이 올라옵니다.

'나는 적어도 내 잘못은 알고 있으니 양심은 있는 거야.
내 친구는 과소비를 하고도 전혀 죄책감을 못 느끼거든.
걔보단 죄책감이라도 느끼는 내가 낫지!'

잘못된 행동을 바꿀 생각은 안 하고,
죄책감을 느끼지 않는 사람을 무시하기까지!
잘못된 행동을 바꾸지 않는 건 둘 다 똑같은데 말이죠.

죄책감의 목적 중 하나,
타인에 대한 우월감을 느끼는 것.

스스로 부여하는 면죄부, 죄책감

해야 할 일을 하지 않았을 때,
자신이나 다른 사람의 기대를 저버렸을 때,
우리는 죄책감을 느낍니다.
내가 왜 그 일을 안 했을까,
내가 왜 그런 잘못을 저질렀을까 후회막급입니다.
하지만 이내 구차한 변명을 늘어놓습니다.

'너무 바빴어.' '잊어버렸어.'
'그 사람이 나한테 너무 많은 기대를 한 게 잘못이야.'

죄책감도 일종의 변명이에요.
잘못을 인정하면 죄책감을 느끼게 되고,
죄책감은 스스로의 잘못을 변명해주지요.
나아가 잘못된 행동을 바꾸지 않는
스스로에게 부여하는 면죄부이기도 합니다.
죄책감으로 이만큼 괴로웠으니, 이제 내가 나를 용서하노라!

그러나 죄책감은 잘못된 행동에 대한 대가로서는
결코 충분하지 않습니다.

죄책감을 잘 느끼는 사람

나는 완벽해야 해.
나는 항상 다른 사람을 만족시켜야 해.
나는 항상 옳아야 해.
나는 자제심이 강해야 해.
나는 언제나 남에게 도움이 되어야 해.
나는 누군가 나한테 화를 내면 견디기 어려워.
나는 열등한 존재야.

이런 생각에 휩싸인다면,
죄책감을 평생 벗으로 삼아야 해요.

생각과 사고는 내 의지로 바꿀 수 있습니다.
그렇게 되면 감정 또한 바뀌어요.
죄책감과 이별하는 법, 생각과 관점의 변화입니다.

죄책감을 긍정적으로 이용하기

죄책감이 언제나 나쁜 것만은 아니에요.
때로는 긍정적인 영향을 미치기도 합니다.
죄책감을 느꼈을 때
이것을 변화가 필요한 신호로 받아들이고
변화를 위해 노력할 수도 있거든요.
물론 그 사람의 사고방식이
긍정적으로 바뀌어야 가능합니다.

우리는 자신의 생각과 사고, 감정을
스스로 선택하고 결정할 수 있습니다.
우리가 우리 마음과 생각의 주인이기 때문이지요.
우리는 변화할 수 있다는 것,
잊지 말아요.

불안의 시작

위험요소는 과대평가하고
그것을 해결할 능력은 과소평가할때
우리는 불안에 빠집니다

불안은 무언가 나쁜일이 생길 것이고
나는 속수무책 당할 수밖에 없다는
불길한 생각에서 시작됩니다

긍정적인 불안

불안은 긴급 상황에 대비하는 것이 원래 목적이에요.
난생 처음 운전대를 잡았는데 전혀 불안해하지 않으면
주의하지 않고 멋대로 난폭운전을 할 테니
사고를 당하기 마련이겠죠.
따라서 불안은 그 자체로는 절대 병적인 감정이 아니에요.
하지만 불안이 마음 전체를 잠식해서
일상생활을 방해하고 고통을 불러온다면
부정적이고 병적인 감정이 되고 맙니다.

불안을 긍정적인 요소로 이용할 것인가,
아니면 그것의 노예가 되어 고통 속에 살아갈 것인가는
자신이 정하는 거예요.

어떤 선택을 하시겠어요?

상황을 회피하면 새로운 불안이 다가온다

불안한 일에 직면하는 많은 사람들이 그 상황을 피하려 해요.
피하면 당장은 편할지 모르겠지만
이런 회피와 외면은 오히려 불안을 더 키울 뿐이에요.

사람과 세상이 무서워 집 안에만 틀어박힌다면 어찌 될까요?
외톨이가 되어 외롭고 힘든 삶을 살아가지 않을까요?
불안하고 무섭더라도 새롭고 힘든 일에 도전하고
한 걸음 한 걸음 나아가는 태도를 가져야 해요.
그런 시도들이 하나둘 쌓이면
어느덧 용기도 생기고 불안 역시 자연스럽게 줄어들 거예요.

불안한 마음을 다스리는 주문

내 감정은 내가 결정한다.

불안도 내 마음에서 비롯된 것이다.

어렵고 힘겨운 상황에서 느껴지는 불안도

내가 현실에 집중하고

나의 능력과 장점을 되새기며 자신감을 가지면

극복할 수 있다고 나는 믿는다.

나는 불안이란 감정에 지지 않을 것이다.

불안은 내가 만들어낸 불행한 상상일 뿐

현실이 아니기 때문이다.

내 마음이 불안할 때,

이런 주문을 외워봅니다.

행복과 기쁨도 내가 선택하고 결정하는 것

기쁨은 행복, 유쾌함, 즐거움 등
뭐라고 부르든 들뜨고 만족스러운 감정입니다.
사람들은 항상 기쁨을 맛보고 싶어 하지만
그 방법을 제대로 아는 사람은 많지 않아요.

무엇이 나를 기쁘고 행복하게 할까요?
안정된 직장, 많은 돈, 사회적 성공과 명성,
멋진 연인이나 자랑할 만한 가족들?

그런데 기쁨을 주는 요인이 있으면 저절로 기뻐질까요?
안정된 직장이라도 하기 싫은 일이 기다리고 있어요.
돈이 많아도 어디엔가는 나보다 더 부유한 사람이 있고,
성공해도 어딘가에는 나보다 더 성공한 사람이 존재하기에
주변인들은 나와 그들을 비교하곤 해요.
멋진 연인이라도 매일 마주하다 보면 싫은 점이 보이지요.

(다음 페이지에 계속)

우리를 기쁘게 하고 행복하게 하는 것은 정말 무엇일까요?

답은 간단해요.

바로 나 자신이에요.

다른 감정과 마찬가지로 기쁨과 행복도

외부 사건이나 타인 때문에 생기는 것이 아니에요.

바로 내 마음, 내 안에서 생겨나는 거예요.

행복과 기쁨은 자신의 삶에 대한 믿음과

긍정적인 태도에서 생기는 감정이에요.

우리는 다른 감정들과 마찬가지로

행복과 기쁨도 주체적으로 선택할 수 있는

아주 멋진 존재랍니다.

행복과 기쁨은 자신의 삶에 대한 믿음과
태도에서 생기는 감정이에요
우리는 다른 감정들과 마찬가지로
행복과 기쁨도 주체적으로 선택할수 있는
아주 멋진 존재랍니다

행복에도 연습이 필요하다

언제나 행복한 사람은 존재하지 않아요.
모든 일이 내 뜻대로 되어 늘 기쁘기만 한 사람은 없어요.
계획은 시시때때로 틀어지기 마련이고
누구에게나 울적한 날이 찾아오고
사랑하는 이들이 어느 날 갑자기 다치거나 죽기도 하죠.

기쁘고 행복하다는 말의 진짜 뜻은
언제나 생긋생긋 웃으며 산다는 게 아니에요.
스스로의 행복감에 책임을 진다는 말이에요.
자신의 삶과 주변 사람들에게 만족하고 스스로 기쁨을 많이 느낀다는 뜻입니다.
인생의 즐거움을 만끽하되, 삶에는 오르막도 내리막도 있다는 걸 받아들이죠.

행복에도 연습이 필요해요.
'나는 행복한 사람'이라고 생각하고 행동하는 연습.
물론 처음에는 쉽지는 않을 거예요.
그러나 일단 시작하고 반복적인 연습을 한다면
그다음부터는 그런 생각과 행동이 서서히 자연스러워질 거예요.

행복을 느끼기 위한 첫 시작

행복과 기쁨도 나의 선택으로 내게 주어지는 선물입니다
두려움과 공포, 슬픔과 외로움에 사로잡힌 상태에서
삶의 아름다움에 매료되는 상태로 감정을 바꿀 수 있어요
기쁨과 행복을 느끼기 위해서는
우선 활기차고 열정적인 생각과 마음을 가져야 해요
이것이 행복을 느끼기 위한 첫 시작입니다

남을 배려하면 행복이 찾아온다

아들러는 말했어요.
"타인을 위한 공헌은
자신에게 행복감을 안겨준다.
결국 타인을 위한 공헌은
자신의 행복을 위한 최고의 선물이다."

이기심을 버리고 이타적으로 사는 것이
기쁨과 행복의 비법이에요.

스트레스, 피할 수 없으면 조절하기

요즘 세상에 스트레스 없이 사는 사람이 있을까요?

스트레스는 육체적, 심리적으로 많은 대가를 치르게 하지만,

반드시 짊어지고 가야 하는 삶의 구성 요소이기도 해요.

모든 스트레스가 나쁜 것은 아니에요.

적당한 스트레스는 최선의 노력을 하게 하는 동기가 되어줍니다.

스트레스는 억제하는 것이 중요한 게 아니에요.

자신에게 유리한 방향으로 조절하는 게 더 중요합니다.

하지 않아도 괜찮아요 – 스트레스 줄이는 방법

'나는 자제심이 강하고 모든 걸 통제할 수 있어야 한다.'
'나는 항상 완벽하게 처신해야 한다.'
'나는 과중한 부담에 시달리고 있다.'
'사람들은 나에게 너무 많은 걸 기대한다.'

이렇게 생각하는 사람들은 스트레스를 잘 받는다고 해요.
그러나 이런 생각과 믿음은 잘못된 것입니다.

이런 생각을 가진 사람들이 스트레스를 줄이려면
우선 자신과 타인에 대한 관점을 바꿔야 해요.

'나는 부족한 면이 있고 실수를 할 수도 있다.'
'다른 사람의 기대에 못 미칠 수 있고 그래도 괜찮다.'
이렇게 생각을 바꾸는 거예요.

(다음 페이지에 계속)

군이 스트레스를 받으면서까지
다른 사람의 기대에 미치기 위해 노력할 필요는 없어요.
나를 스트레스의 늪으로 밀어 넣으면서까지
완벽을 추구할 필요는 없어요.

할 수 없는 일은 하지 않아도 괜찮아요.
하고 싶지 않은 것은 하지 않아도 돼요.
이 세상 무엇보다 중요한 것은 나의 행복이란 것을 잊지 말고
나를 위한 시간을 가지며 나를 사랑하는 마음을 회복한다면
스트레스는 현저하게 줄어들 거예요.

나에게 용기를 보낸다 – 스트레스 줄이는 방법

지금 하고 있는 일이나 환경이 불만족스러워 스트레스를 느낀다면,
스트레스 요인을 바꾸기 위해 용기를 가지고 도전해야 해요.
용기와 도전하는 태도는 스트레스를 다스리는 핵심적인 요소예요.
자기 자신을 믿을 때 도전할 수 있고
그 결과 커다란 용기를 얻을 수 있거든요.

실수와 실패할 가능성 따위는 결코
우리의 의지를 좌절시키지 못할 거예요.
실수와 실패를 새로운 배움의 기회로 삼아야지,
포기의 이유로 여겨서는 안 돼요.
자기 존중은 성공이라는 결과가 아니라
노력하는 과정과 태도에서 비롯되는 거예요.
그 과정 속에서 성과와 보람을 느낄 수 있어요.
그것이야말로 진정한 성공이라 할 수 있어요.

마음이 힘들고 감정이 들쑥날쑥할 때
나만 힘들고 초라하고 억울하게 느껴질 때
세상이 다 나를 등진 것 같고 나를 버린 것 같을 때
누군가 너무 미워지고 화가 나고 불안하고 우울할 때

밖으로, 다른 사람에게 향했던 마음을
잠시 내려놓아 보세요
그리고 그 마음을 내게 돌려주세요
내 마음을 만나고, 내 마음의 소리를 들어주세요
내 마음에 공감하고, 그랬구나, 해주세요

그러면 어느 순간
내 마음이 괜찮아질 거예요
그 순간이 내 마음의 주인되는 그때입니다

오늘,
마음을
쓰다